선 물

모아드림 기획시선 137

선물

김성덕 시집

모아드림

■ 自序

어릴 적 나는 낯선 이를 만나기만 하면 어머니의 치맛자락 뒤로 숨어들곤 했었다. 하지만, 눈은 말똥말똥 뜨고 있었으니 아주 숨은 것도 아니었다. 詩는 어머니 치맛자락 같기도 하고 그 뒤에 숨은 내 모습을 닮았기도 하다. 詩를 빌어 세상을 보면서도 나의 수줍음은 변한 게 없다.

사랑으로 인연을 맺는 아이들을 보며, 한 삼십년 살며 사랑하는 동안 지난날 가슴속 깊숙이 잠겨있었던 그 무엇을 그리움이란 이름의 두레박으로 길어 본다. 하니 서툰 사랑도, 무딘 열정도, 아픈 상처도, 눈물도 우리 삶의 버팀목이었음을 안다.

누구든 사랑할 수 있음을 감사해야 한다. 이제부턴 나도 사랑하는 사람들에게 사랑한다고 말해야겠다.

2012년 7월 어느 좋은 날에
詩人 김성덕

차 례

自序

제1부 사랑의 탯줄

제2부 돌아보니 사랑이었네

제3부 꽃자리 세상에

제4부 그래도 그대가 그립다

내 사랑하는 아내와

결혼하는 태희, 현정이에게 이 시집을….

제1부 사랑의 탯줄

〈심곡 : 한국화 30호 2010년〉

들꽃이 지더라도

들꽃 한 송이 피고 지는 일로
동산 한 번 흔들리지 않았고
하늘 한 번 닫히지 않았느니
그의 탄생에다 군말 붙여 은유하지 말고
그의 생애에다 비단 입혀 치장하지 말고
그의 죽음에다 덧칠해 과장하지 말라
한평생 스쳐간 인연들도
물결 위 바람처럼 머물지 않고
제 땅 위에 그럴듯한 전설 하나 남기지 못했어도
피었다 지고 마는 한 생애
세상사 모두가
그렇게 시나브로 흘러가는 일인 것을
저 바람 들판에 한 송이 들꽃처럼
나의 詩도 나의 사랑도
피고 지는데 무슨 까닭 있으랴
까닭은 물어 무엇하랴

바람꽃

― 봉숭아 꽃 씨방

눈물로 젖어있는 너를 보았다
한창 시절에는 꽃도 열매도 아니었다가
한 생의 저물녘에도 허공만 움켜쥐고 앉은
바람을 안고 피고 바람으로 지는
푸르른 바람꽃,
문득 낯선 곳에 혼자 남을 때
왠지 어둠보다 먼저 두려움이 다가와
파랗게 얼굴 질렸던 내 유년의 어느 날처럼
바람이 널 슬픈 빛깔로 피운 건 아닐까
아마 울긋불긋한 꽃들만 보고 지나던 세상이
찢긴 가슴 겨우 봉합해 두었던 너를
더욱 아프게 했을지도 모르겠다
가끔 외로워지는 날, 나도
빈 가슴에 무언가 가득한 것 같다가도
썰물처럼 빠져나가던 것이 바람 아니었겠냐
우리네 세상살이도
너와 별반 다르지 않아

가끔은 허망도 꿈처럼 채워지고
때로 눈물과 아픔도 침전되는 일임을
네 젖은 눈시울을 바라보며 비로소 배우느니
늦게 온 이 가슴 설렘을 담아
세상 모든 이들에게
오늘에야 너의 푸른 말을 전할 수 있겠다

태胎

사과를 먹다가 문득 나는 보았다
꽃자리 지나 깊은 곳에
까만 태아를 물고 있는 탯줄의 끝을
향기로운 과즙이 태아의 양수인 것을

단절된 지 수십 년이나 흘러
이젠 돌아가고 싶어도 돌아가지 못하는 나
더 이상의 사랑도 공급받지 못하는
탯줄 끝 상처가 언뜻 아프다
첫사랑이 어느 날
철부지 염소처럼 고집을 피우며
내 가슴으로 제 뿔을 들이대고 떠나갔을 때
따듯한 양수 속에서 배웠던 태초의 무예
아니, 사랑의 투정이었을
어설픈 발길질은 잊지 않아서
나는 허공을 향해 걷어차기만 했을 뿐
가슴 깊이 이는 그리움은 차마 어쩔 수 없어

이제부턴 내 사랑이 남기고 간
배꼽 같은 상처나 달래며 사는 수밖에

사과를 먹다가 그리움의 통로를
문득 나는 보았다

일주문

일주문 하나
가로등 빗길로 늦저녁 마중 간다
습한 마음에 수직으로 꽂히는 빗줄기
똑똑똑 떨어지는 물방울을 발끝으로 거두며
지금 사랑에게 간다

문 안에 들어도
그게 안인지 밖인지도 몰라
속세의 오욕칠정을 버리지 못하고
비록 출세간出世間도 못하지만
궂은비는 피할 수 있고
날 맞아줄 사랑에게 돌아갈 수 있으니
쓸쓸한 가슴으로 들이닥치는
이 비 그치면
발길 옮길 때마다 기우뚱대던 상심들
괜히 남 탓인 양 하늘로 손가락질 해대던
우산을 접고

젖은 나를 접고
우리 집으로 무사히 귀환할 수 있을 테지

비 오는 날, 나는 일주문에 든다
그대에게 가려고

시래기를 보며

된바람 속에 뼈와 살을 헤쳐 걸고
아픈 상처나 슬픈 비명 같은 모습으로
절벽 끝 마루에 비켜 앉아 봄을 기다린다

해질녘 고비사막 모래 언덕길을 걸어가는
늙은 낙타들의 긴긴 행렬처럼
참수된 꿈들만 새끼밧줄에 줄줄이 꿰여
천 년을 모래 속에 묻혀 잠자던 슬픔처럼
눈물도 말라버린 미라들
사랑도 어쩜 저와 닮아서
황량한 사막의 모래바람을 품어
그리움의 씨알은 가슴속에서 깔깔하겠지만
아홉 번이나 쪄낸다는 홍삼처럼
숙성되는 것, 상처꽃 피듯
청청했던 제 몸을 태워 환생하는 것이다

잊어버린 하늘의 이야기를 찾고 있는

역전 양지쪽에 비둘기 몇 마리
아이야, 보아라
가슴속에 누천년 간직했던 시베리아 매머드처럼
이리 춥고 시린 동토에서도 저들과 같이
죽은 듯 죽지 않은 생이 있음을
지난날 무청처럼

느티나무 밑에서

― 때론 나무가 되어

제 짐을 벗는 중이다
한여름 폭풍우에 가슴은 찢길지라도
맨손으로 꼭 움켜쥐고 있던 잎들을 허공 속으로
하나하나 떠어 보내고 있는 느티나무

세상에 와 잠시 빌려 쓰고 가는
내 한 몸 그리고 내 이름과
내가 지녔던 온갖 집착들과 욕심들도
언젠가는 한 줌 흙으로 한 점 바람으로
돌아가는 게 순리일 텐데 그건
내 의지 밖에 하늘의 권리가 아니던가
하지만 나도 너처럼 이승의 이 깊은 늪 속에서
늘 애태우며 끌어안고 있는 애증이라도
가끔, 아주 가끔씩은
내 맘대로 풀어놓을 수 있을까, 꿈꾼다

이제 너는 나이테 하나 더 늘겠지만

그게 거친 폭풍우에 맞서는 너의 무기이듯이
애증을 지우며 가는 내 가슴속에
옹이 하나쯤 더 박히면
그건 내 삶의 든든한 버팀목이 되지 않을까
네게도 봄이 희망인 것처럼
내 생으로 찬바람 몇 번 불어 닥친들
그게 내 꽃봄의 전조가 아니겠느냐
노을 지는 저녁녘, 마당 끝에 서서
지나가는 소슬바람 자락도 슬며시 붙잡아보는
느티나무
나는 오늘 네가 한없이 부럽다

집을 부수다

물이 내 몸에 집을 지었다
지붕과 바닥을 일체형 하얀 가죽으로
튼튼한 집 한 채를

주인 허락도 없이 내 발바닥에
누구와 죽음 같은 사랑을 나누려고
하필 공동묘지 봉분 닮은 집을 지었을까
제 몸을 늘 낮춰가며 사는 걸 알지만 이건
평상시 네 모습이 아니다
무허가 불법점거다
그처럼 모질고 모진 세상에서도
각 한 번 세우지 않던 너에게
이제는 할 수없이 손 한 번 대야겠다

단단히 사려 물고 칼침을 든다
기둥도 서까래도 없는
그깟 포장 건물 하나 철거하려는데

첫사랑의 입술을 몰래 훔치려할 때처럼
내 가슴은 왜 이다지 두근대는지
숨소리는 어이해 거칠어지는지
쓰라린 아픔을 참고
애써 매달리는 눈물방울 닦아내며
집을 부수기 시작한다

한 살림, 아니
한 생애가 폴싹 무너지고 있다
철거되는 무허가 달동네, 아낙네의 절규가
오늘따라 예사롭지 않다

수련, 바닥에 눕다

잎을 아무리 키워도
수면 위로 더는 오르지 못했다
물방울 보석이라도 가질 수 있을까하여
속내 보여 가며 눈독을 들였지만
머물듯 머뭇대며 모두 떠나버렸다
하늘 바라 꽃피는 건 잠시뿐
늘 수심을 품고 살아가며
바람 따라 흔들리던 저 수련들
물 마르고 진창도 갈라터진 가을 끝에야
비로소 안다
그토록 벗어나고 싶었던 수렁과 구정물
차라리 없었으면 했던 수심과 파문이
평생토록 제 삶을 떠 바치고 있었음을,
산정을 오르듯 삶은 그렇고
계곡에 앉아 넘어온 산마루 바라보듯
수련은 밑바닥에 누워
제 생의 높이를 재고 있다
아니, 제 삶의 깊이를 헤아리고 있다

양파를 까며

너를 바라다보면
문득 서러움이 눈자위에 고인다
비탈 밭을 지나던 비바람을 기억하며
아직도 제 사랑의 탯줄을 쉽게 놓지 않는
가혹한 시간의 상처, 눈물덩이
너를 바라다보면

그래, 아름답던 사랑이라도
지나간 사랑에는 이제 눈짓하지 말자
떠나간 이별에 더는 손짓하지 말자
사랑도 이별도 끝내
너를 바라다보는 일과 같다면

너를 마주 바라다보면
서럽지 않아도 자꾸 눈물이 흐른다던 어머니
덮어둔 그리움이 눈자위에 고일까 봐
오늘도 나는 고개 돌려
너를 부러 외면하는 것이다

포이동 266번지

잃어버린 뭔가 남은 것 같아
밑바닥 친 사랑을 방패로 삼고
떠나지 못하는 가난뱅이 마을에 남아
이렇게 미치도록 따분한 날에도
나는 꿈을 꾸고

어느 날 귀농 이삿짐을 싣고
전라도 춘향이 터널을 지나면서
무슨 상상을 했는지 겸연쩍은 미소로
사랑은 삶의 덤이라 했던 친구가 그립고
공연히 볼 것도 없는 TV를 켜놓고
목 짧은 내 고개로는 올려다보기도 힘든
수십 층의 주상복합아파트 꼭대기 쪽
호화스런 드라마 장면 같은
저쪽 삶의 전설을 기웃거리게 됩니다

지붕 낮은 집들로 둘러싸인 골목길

비좁은 공터에서 끊임없이 반복되는
봉고차 계란장수 스피커 소리가 너무 커서
볼 것도 없는 TV 볼륨을 더 높여놓고
문득 수런대는 창밖을 내다보니
달걀들을 모두 백목련나무에게 팔았는지
이쪽 삶도 저쪽 삶 못지않게
정말로 신화처럼 환장하게 피었습니다

일요일엔 인력시장도 공일입니다
포이동은 서울의 덤인가
오늘은 가난살이도 휴일입니다

한 쪽짜리 책을 읽으며

아침, 비가 온다

신발장 구석에 처박아 두었다가
일기 불손할 때만 드문드문 꺼내보던
두루마리 책 한 권
아내가 건네준다, 펼친다

일간 신문지에 끼어 배달되는
낱장 광고 전단지보다 초라하기 그지없다
자취방 벽지의 쥐 오줌자국처럼
눈물 흔적만 단층으로 보이기도 하고
낮은 부뚜막 앞에 꼬부리고 앉아 가난을 달래던
어머니의 광목치마처럼 꼬깃꼬깃한
한 쪽짜리 책

누구의 눈물이었을까
누구의 가난이었을까

누구의 사랑이었을까

혼자 쓰고 가는 우산 안은 적막하다
홀로 쓰고 가는 우산 안은 고요하다

비는 계속해서 내리고
책 든 나는 아직도 다 읽지 못했다
숨겨진 이야기는 하나도 읽어내지 못했다
겨우 한 쪽짜리 책을,
이 책을 덮으려면 전철역까지
몇 블록의 걷는 시간이 더 필요하다
그땐 사랑을 떠나온 지 얼마 되지 않겠지만
눈물방울들 주르륵 흐를 것이다

삶도 사랑도 크기 순이 아니다

발톱

삶이란 꽃 피우는 일이다

무슨 일로 스트레스가 쌓였는지
지방간에다가 콜레스테롤 수치가 높다
적당한 운동이 좋다기에 조깅을 하기로 했다
신발장에 묵혀둔 운동화를 꺼내 신고
겨우 두어 번쯤 뛰었는데
왠지 오른쪽 발가락이 불편한 듯했다
처음부터 신발이 작은 것 같긴 했지만
이제 발이 자랄 나이도 아니고
아차, 신발이 줄어든 것을 몰랐었다
중지 발톱에 작은 꽃눈이 맺히더니
며칠 뒤 제비꽃 한 송이 활짝 피었다

살면서 내 발에 꼭 맞는
신발을 신어본 일이 몇 번이던가
어릴 땐 발보다 큰 치수로 가슴에 꽃이 피었고

때론 작아 뒤꿈치에 꽃망울을 맺게 했던
나의 신발들
그렇지!
인생살이 빡빡하거나 헐겁거나 하더라도
조금도 탓할 일이 아니다
돌아보면
그게 바로 꽃필 전조이었으니

개펄로 가라

사는 일이 눈에 아득해 오면
삶의 길을 확인하러 개펄로 가라
아득한 날은 아득하여 길이 되지 못했던
너의 발걸음 하나하나 길이 되는
개펄로 나가
새벽 꿈처럼 빠져나간 썰물 끝으로
걸어간 네 발자국 되돌아보며
생의 길을 알아볼 일이다

사는 일로 어깨가 짓눌려오면
삶의 무게를 확인하러 개펄로 가라
개펄로 나가
가뭇한 날은 가뭇하여 보이지 않았던
네 발자국의 깊이와 너비로부터
혹은 네 발길에 달라붙는 개흙으로부터
생의 무게를 알아볼 일이다

진득진득한 개흙덩이가
삶처럼 발걸음을 붙잡을 테지만
지난날 네 꿈의 흔적도 보이지 않겠느냐
가슴에 밀물 썰물 진다거나
들숨 날숨에 소금 냄새 난다거나
발걸음이 가끔 천근만근 되어도
누구에게나 개펄은 준비되어 있는 것이니
개펄로 나가
제 삶을 돌이켜볼 일이다

절벽도 때로 길이다

눈앞이 깜깜하고
가슴이 꽉 막혀오던 날
그게 삶의 절벽이려니 했다
막막함을 달래볼까 산을 오르다
무너진 절개지 앞에 우두커니 앉아
보았다, 문득
한때는 길이였을 절벽,
걸어간 흔적 하나 없이 부서져 내린
바위틈에서
상처 난 담쟁이
다시 길을 찾고 있는 모습을

산에서 내려와
나는 담쟁이가 되었다

물구나무 선 목어

온갖 허울
세상에 내어주고 속내
다 비운 저 마른 몸짓을 보라
드문드문 비늘 떨어진 가슴을 치면
대지의 숨소리는 새벽하늘로 치오르고
어둠 속에서 아직 눈 뜨지 못한 산짐승들
외롭다고 더는 떨지 않는다
간직하고 있던 게
제 품안에는 아무것도 없고
절간 대숲 울타리에 바람도 잔잔하다
허공으로 꼬리 한 번 흔들자
문득 낙엽 하나 떨어진다
다소곳이 합장한 사미니 앞에
천 년을 아낌없이 내어준 늙은 느티나무
서 있다, 한 마리의 목어로
언뜻 내 가슴도 허허롭다

가난한 그물

비록 꽃망울은 작았지만
하늘 바라 쪽빛 꿈을 꾸었었다
사랑과 이별, 절망과 분노, 그 모든 것들
먹는 데만 게걸들린 인간들의 밥그릇을 닦는
한낱 수세미일지라도

수수깡 울타리 아슬한 절벽에 기대어
죽는 날까지 탯줄을 꼭 쥔 채
제 가슴속에 촘촘한 그물을 엮어가며
그토록 덥던 여름날에도 울지 않았다
육신은 썩어 없어져도
한평생 그 가난한 그물로 거둬 올린
사랑의 밀알, 단단한 사리들

나는 몰랐다, 수세미 하나
가끔은 뿌리째 흔들대던 기둥에 기대어
오랜 동안 내 곁을 지키고 있었다는 걸,

지금 저 가슴속 그물은 오죽이나 복잡할까
얼마나 많은 사리들이 박혔을까
오늘따라 내 밥그릇에 남겨진 밥풀도 부끄럽다
혀의 축제 후, 지저분한 광장도 부끄럽다
설거지를 해야겠다

면회

— 수인번호 901

어디 가시나요? 901호요

푸른 제복에 모자를 눌러 쓴 경비원은
901호 호출버튼으로 방문을 알린 후
방문객이 108동 입구로 들어간 뒤에도
CCTV 모니터를 계속 감시하고 있다
화면 안으로 밀려오는 시퍼런 표정들
눈빛이라도 마주치면
마치 큰 죄나 지을 것처럼
서로서로 등대고 딴청을 피웠다
엘리베이터가 출렁일 때마다
한두 사람을 화면에서 뱉어내더니
가슴팍에 이름 없이 번호표만 달고 있을
9층에서 화면이 또다시 멈칫했다
이윽고 시야에서 사라진 면회자
아마 그는 숫자만 흘낏 확인하고서야
말없이 손부터 불쑥 내밀었을 것이다

세상에 일탈 한번
꿈꾸지 않은 사람 없겠지만
탈출해도 결국은 제 발로 돌아와 수감되는
그곳,
아파트는 누구의 감옥인가

꽃 등심

꽃밭에서 소 한 마리 걸어 나온다
소는 따비밭을 일구고
차돌을 골라내어 씨를 뿌리면서
빨간 꽃들 피우는 꿈을 꾸었을 것이다
거친 대지에서 눈비를 맞고
멍에를 벗을 날 기다리며 그려두었던
꿈의 정원을 꼭꼭 숨겨 놓은
비밀한 속내,
하지만 꽃도 꽃 나름이지
고삐 매고 키워낸 붉은 꽃, 그게 꽃인가
제 등에 지고 다닌 길마 때문에
한평생 피워낸 눈물자국 아니었더냐
짐승 사체나 먹고 사는 하이에나들을 앞에
이제 잉걸불로 다비식을 준비하는
찢겨진 보물지도 풍전등화다
꽃 질 참이다
꽃밭으로 소 한 마리 걸어 들어간다

제2부 돌아보니 사랑이었네

〈가을폭포 : 한국화 2009년〉

작은 사랑

가을이 지난다고
발밑 뿌리는 그대로 두고서
아름답던 꽃잎만 거둬간들 무엇하랴
겨우내 숨죽은 듯 봄날을 기다려
또다시 꽃피울 거라면
한동안 잊었던 그리움 깨운 뒤
또 어느 날 가슴앓이로 문득 져갈 거라면
꽃은 피워 무엇하랴
나는 아픈데 …
사랑을 거두려거든
그리움 먼저 지워야 하는 것을
저기 겨울은 기별도 없이 다가오는데
너는 누구냐
다 잊어버릴 듯 비운 연못에
허연 낮달 하나 덜렁 띄어놓고 모른 척
내 가슴 이토록 저리게 하는

사랑을 망설이며

지금 네 앞에서 선 내 마음이
이렇듯 낙엽처럼 흔들리는 까닭은
저 목련꽃처럼 화창했던 시절에 마음 먼저
봄을 보내고 여름을 지나 가을을 기대했듯
사랑을 서툴게 설계한 탓으로
봄날도 가기 전에 울음 울던 꽃 진자리에
눈물나던 사랑의 상처 때문이고
그 상처가 치유되지 못한 채로 여름을 건너
가을은 와서 내 맘만 단풍졌기 때문이지
그래, 까닭 없이 미쳐가는
저 눈부신 햇살아래 벌거벗는 봄날과
저 봄날 앞에 간들대는 봄바람을 보면서도
지금 네 앞에서 내가 이리 망설이며
애타는 마음을 선뜻 드러내지 못하는 것은
밀약의 속삭임으로 만든 솜사탕 뒤에
단맛의 찌꺼기 붙은 막대기처럼
지나고 나면 그리움의 뼈대만 남는다는 것을

내 이미 알고 있기 때문이지
풋사랑이 다 그렇다는 것은 아는데
어쩌다가 오늘도 네 앞에서 서성이며
내가 이렇듯 단풍 물든 마음인 것은
미치도록 환장하게 피어있는
저 꽃들 탓이지, 아마

넝쿨장미의 가시를 읽다

장미는 같은 뿌리에서
꽃을 피우고 잎도 피우지만
가시를 키우는 이유를 누구든 알지 못하듯
내가 그 청청했던 뜻도 읽어내지 못했던 까닭은
꽃의 아름다움에 취해서가 아니다
잎이 너무 푸르러서도 아니다
꽃을 따려 금단의 벽에 오르거나
꽃의 경계를 허락 없이 넘으려했을 때마다
찔렸던 상처가 아팠기 때문이다
흔들리던 장미넝쿨에게서
바람의 무게를 가늠할 수 없었지만
가시 끝은 언제나 밖으로만 향해 있어서
접근하면 아무나 앙칼지게 찔러대기만 하는
피도 눈물도 없는 것인 줄만 알았다
하지만 안개비 내리는 오늘
꺾여서 말라죽은 저 장미넝쿨을 보니
누구든 사랑을 핑계로

함부로 꽃을 꺾지 말라고, 손대지 말라고
틈과 틈 사이 울타리를 지키고 있던 가시에게도
피가, 눈물이 흐르고 있다
죽어서 비로소 붉은 핏기가 도는 가시를
꽃처럼 잎처럼 내려놓지 못하는 장미
누가 사랑만 쏙 도적질해 갔을까
내 가슴이 따끔하다

세상을 살다보면

세상을 살다보면
사랑은 가끔씩 절룩거리지만
그리움에는 절대로 헛발을 내딛지 마라
헛딛는 발바닥에 못이 박히면
아픔보다 더한 슬픔이 오는 거란다

세상을 살다보면
사랑은 가끔씩 가물거리지만
이별에는 절대로 한 눈 팔지 마라
내어준 눈빛 속에 가시 박히면
슬픔보다 더한 아픔이 오는 거란다

때론 아픔보다 슬픔이 더 아프고
때론 슬픔보다 아픔이 더 슬프다는 걸
누구나 웬만큼은 알 수 있느니
우리는 사람이니 아프고 슬픈 거고
슬프고 아픈 게 사랑이라지만

그리움에 이별에 속지 마라
세상을 살다보면
그대 삶이 마지못해 그러할지라도

청령포에서 영월을 보다

가슴속으로 강물만 흐르던 게 아니다
눈가에 이슬만 맺히던 게 아니다
사랑도 이별도
때론 흐르고 혹은 맺히는 것
청령포*에 나가 그리움을 흘려보내며
돌팔매처럼 외로움도 강물로 던져버렸을 게다
나룻배 아니면 건널 수 없는 섬을 닮은
슬프고 슬픈 한 생애가
서산 육육봉 너머 세상이 어둑해오듯
그렇게 속절없이 사위어져가며
흘러내린 눈물은
강물이 되고, 영월寧月이 되어
해마다 시월이면 태백산맥 속에서 운다
험한 산길 헤쳐 걸어왔던 우리도
오늘은 지친 발을 흐르는 강물 속에 담그고
하루치의 밀물진 고독을 떠나보낸다
우리 사랑도 언젠가는 저물어

어느 산마루에 슬픈 달로 뜨는 건 아니겠지
영월을 넘어 강물로 찾아드는 꽃별들
청솔 끝에 떨고 있다

* 영월寧越: 서강변에 위치한 청령포淸泠浦는 동, 남, 북 3면은 강으로 서쪽은 육육봉의 절벽으로 둘러싸인 고립지형으로 폐위된 단종의 처음 유배지이다. 단종은 유배된 그해 10월 영월에서 사약을 받고 죽음을 당했다.

그리움을 보려거든 월곶으로 오라

갯바람에 쓰러진 소금창고
녹슨 양철지붕 밑 빈 보금자리에
사랑을 나누던 멧비둘기 깃털만 날린다
눈물의 결정을 끌어 모으던 거문대를 타고
자줏빛 메꽃들이 둠벙에서 피어나고
뭇 사내의 널찍한 가슴팍 같던 소금밭에는
가난한 사랑이라도 채워줄 물레방아를 돌릴
짜디짠 갯물도 머물지 않는다
억센 갈대들만 우거진 갯고랑에는
여전히 하루에도 두 번씩 들고나는 바닷물만
그리 눈부실 것도 빛날 것도 없는
잃어버린 달빛을 찾아
무너진 갯벌에서 더듬대며 길을 헤매고
아직도 바닷가로 이주하지 못한 방게들만
슬픈 이름 월곶, 달뜨던 포구에 남아
말없이 떠났던 사랑을 기다린다
차라리 눈물이 저수지에 가득 채워지더라도

그 눈물이 말라 소금 산처럼 쌓여지더라도
그대, 예전같이 내 곁에만 머문다면 …
갯바람은 소슬하기만 한데
철새가 되어 돌아온 해오라기 한 쌍
갈대숲 속에서 다시 이별할 사랑을 엮고 있다
그리움의 속내를 보려거든 누구나
그리움이 지천인 월곶으로 오라

위태로운 비행

사랑을 한목숨 거는 일이라니요
세상에 그런 사랑이 어디 있을까 했는데
고추잠자리 한 쌍
저 높은 허공에서 목숨 걸고 사랑을 나누고 있다
날갯짓 하나 서툴러도 추락하곤 했던
홀로 날아온 머나먼 길 어느 곳에서도
아늑한 꽃자리 하나 마련하지 못한 채로
저토록 아름다운 비행이라니

날개도 없이 직립으로 걸어가다
헛다리짚은 적이 한두 번이 아니었던
그래 허방에서 넘어져 끝내 버려졌을지 모를
나의 사랑을 가끔 기억해낸다
지금도 제자리를 배회할지 모른다
지쳐 쓰러져 있을지도 모른다
하지만, 들숨 날숨처럼 살아있다는 날갯짓도
가녀린 손으로 움켜쥐고 있던 자리도

불안스레 걸어보던 발자국도
집착의 흔적 하나 남기지 않은 네게로부터
오늘, 목숨 거는 사랑을 보았으니
한없이 빈한한 내 사랑도, 내 그리움도
때론 기우뚱한 그 누구에게는
하나의 든든한 지팡이일 수도 있겠다
그렇다, 나를 믿어보는 것이다

오늘밤 꿈에는
내 추억과 함께 묻어둔 사랑에게 가고 싶다
비록 위태로운 걸음걸이라도

기차처럼

사랑,
그게 정해진 길로만
가슴 두근거리지도 않고 다가와
아프지도 저리지도 않고 멀어지는
그저 저 홀로 흔들리며 왔다가는 것이라면
가다가다 마침내 어느 종착역에서
폐막의 부음처럼 마침표를 찍는 것이라면
비 오면 장독항아리나 닫아두고
혹시 서리 내리면 군불이나 지펴놓고
눈꽃 지는 날 그때에 맞춰
그럴듯한 작별인사 한 마디 준비해두면
그리움으로 잠 못 이루진 않겠지만요
사랑이라는 게 그게
정말 기차처럼 일정한 궤도를 따라가는
그렇게 별것이 아니라면
나, 눈물 따윈 흘리진 않았겠지요
우리네 삶이 아니 그렇듯이

연못에 내린 눈빛

밤새 곰삭혔던 사랑한단 말 한마디
꽃구름만 품고 있던 네 가슴속으로
은근슬쩍 던져봐야
작은 파문밖에 될 수 없었던 눈물
이내 흔적 없이 사라질
한낱 물방울 따름인
어찌 보면 아무 것도 아니었던
나의 짝사랑,
한여름 끓던 내 신열은 식어
이제는 하늘도 떠나버린 네 가슴위로
흔들리며 내려앉아
비로소 긴긴 방황의 마침표를 찍고
잠시 지어보는 하얀 미소

가을에게 보내는 연가

눈감아도 보이는 꽃붉은 정사
자지러진 비명으로 향기만 돌고 도는
온 산천에 불륜 같은 사랑만 지천이더니
뜨거운 입맞춤도 달콤한 속삭임도 다들 떠나고
이제는 얼굴 없는 허무만 남아서
너와 나, 빈손에 빈 가슴으로 앉아 있구나

거친 세월 두 손으로 움켜쥐고
그것도 모자라서 어금니 앙다물고서
울고 싶던 때는 눈감고 있었으리
도망치고 싶던 때도 꾹 참고 있었으리
너비도 깊이도 모르는 사랑의 늪 속이라고
폭염이나 비바람 따위 왜 네겐 없었겠느냐
애끓던 가슴이 터져 용암처럼 분출된
활화산 같던 사랑은 식어 가고
그리움마저 바람 되어 떠나 버려서
이제는 빈털터리가 된 내게

쉴 자리라도 한 자락 내어 준 게 너란 말인가

네가 내 곁에 머물지 못할 거라면
눈물보이기 전에 나 또한 떠나야 하는 것
지금 우리에겐 어떤 작별인사가 어울릴까
그래, 갈대만 잠잠히 흐느낄 시냇가에서
빈손 가득하도록 한 움큼 여울물을 떠서
흐려진 두 눈과 식어 가는 내 작은 심장을
깨끗이, 깨끗하도록 닦아낼 때까지
발걸음 잠시 멈춰 기다렸다가
내 대신 너라도 눈물을 거두고 나서
서녘 바다 쪽으로 길 떠날 채비 끝냈다고
붉은 해거름에게 일러 주려무나

오월의 고백

찔레꽃이 피었습니다
꿀벌들은 잉잉거렸습니다
언덕바지 봄바람도 치근댔습니다
하얀 꽃잎이 눈웃음치듯 보였습니다
가시 때문에 선뜻 다가서지는 못했습니다

앞에서도 그냥 돌아설까 망설였습니다
가슴이 두근댔습니다만
나는 기어이 꽃대를 꺾고 말았습니다
꺾인 꽃은 이내 시들었습니다
그래 무심히 버렸습니다
버리고 난 뒤, 따가운 내 손바닥을 보고서야
비로소 작은 가시가 박힌 것을 알았습니다
한참 동안 무척 아팠습니다

돌이켜 곰곰이 생각해보면
가슴 설레지 않은 것은 사랑이 아니었듯이

가시 하나 박히지 않은 것은 아픔이 아니었습니다
사랑은 함부로 꺾는 것이 아니었나 봅니다
그리운 것들은 모두 지나 버린 일들뿐
긴 세월이 강물처럼 흘러갔지만
나는 지금도
찔레꽃 피면 가슴이 두근댑니다
찔레꽃만 보면 괜히 뜨끔해집니다

채석강 안부를 누가 묻거든

저녁 물결 위에 달그림자는 뜨지 않았고
붉은 노을 자락만 서성이고 있더라고
흔들리던 강물은 거기 없고
바람소리 둥지 튼 절벽에는 웬 그리움만
산더미처럼 켜켜이 쌓여 있더라고

조금만 더 일찍 오랠 걸
말 못하고 제 속만 까맣게 태우다가
끝내 말라버린 눈물자국만 파문으로 남은
가슴을 움켜쥐고 돌아앉아 밤낮
바닷가에서 쉰 소리로 흐느끼고 있더라고

제발 그렇게는 대답하지 말아요
혹여 누가 와 눈시울을 붉히며 묻더라도

그리움의 행간

보고플 땐 언제든지
꽃무늬 징검돌, 몇 걸음이면
건너갈 수 있었던 그대 가슴속에
어쩌다가 강물이 아득하여
이제는 징검다리로
도저히 건널 수 없는
아주 멀고도 먼

보고플 땐 언제든지
살가운 맨발, 몇 걸음이면
들어갈 수 있었던 그대 눈빛 속에
어쩌다가 눈물이 가득하여
이제는 발 벗고도
도저히 들어갈 수 없는
아주 깊고도 깊은

폐선과 강물

마지못해도
끝내 너를 보내고 나면
기다릴 사람 없으니 그리울 일이 없지
떠나보낼 사람 없으니 눈물 날 일도 없고
바람 불어도 흔들리지 않겠지
그랬는데
그래, 그랬으면 오죽 좋으련만
바람 지났다고 어디 물너울도 잦아든다더냐
사랑을 보낸 뒤
늦게야 후회한들 무엇하랴
그리움은 언제나
물보라처럼 바람 뒤로 몰래 숨어 오는 것을
한때는 서로서로 어우르며 동행했던
누더기 한 벌
노을 지는 갈대밭에 벗어놓고
오늘도 강물은 못내
저 홀로 뒤척이며 흐느끼고 있다

사라진 길

떠나보낸 기억을 더듬으며 찾아간

호숫가에 쪼그리고 앉아 보니

예서 가야할 길은 사라지고

갈바람 부는 곳에서 물 주름이 밀려오는데

정강이를 걷고 물가로 들어간 갈대는

하얀 쪽달을 툭툭 건드리지만

하늘은 좀 체로 길을 열지 않는다

엽서 같은 단풍잎은 오솔길에 수북이 쌓여가도

길 떠난 사랑이 돌아온단 소식은 없고

기다리지 않아도 어둠이 다가오고

길 없어도 그리움은 찾아오는데

가을만 구름다리를 건너

기러기 날아가는 서산을 넘는구나

무심히 호수 가운데로 돌팔매질하던 내게

문득 물결마루 타고 도는 둥근 길들 보이고

그 길로 들어선 비단결 노을빛은

소리 없이 눈시울로 젖어들어

그리움만 네게로 간다

단풍, 빙하에 들다

너무 오래 붙잡고 있다
꽃 피고 지고 열매 맺고 지고
비바람 불 때 흔들리고 아파하면서
나의 슬픔이 너무 오래 네 발목을 붙잡고 있다
빙하의 차가운 바람이 로키산맥을 타고 내려와
수정 같은 호수에 파문으로 앉는다
이제 먼 길을 떠나며 흔드는 손저음은
재스퍼* 모텔 앞에 꽂힌 깃발처럼 쓸쓸하다
돌이켜보면 내 사랑도 빙하였던 것
빙원에서 눈물이 되어 흘러
시내를 이루고 호수에 다다르고 강을 내었던 것
사랑은 이 물길을 따라 어느 바다로 가는 걸까
빙하 속에는 지나간 순록의 발자국이 보인다
나처럼 사랑을 따라가고 싶었으나
그러나 만 년 동안 갇혀 오도 가도 못하는
마지막 손수건처럼 나부끼는 깃발
아니, 얼어붙은 눈빛이다

놓아야 가벼운 것
사랑도 놓아버릴 때 비로소
그 속살이 보인다는 것을 이별 뒤에 안다
그리움도 오래 붙잡아둘 게 아니다

* 캐나다 앨버타 주에 위치한 작은 휴양도시로 로키산맥의 아름다
운 봉우리, 빙하들 그리고 수정 같은 호수들로 유명하다.

그대 아픈 사랑만큼

연꽃을 보러와
가시에 맺힌 이슬방울들 보고
눈물 없이 피는 꽃이 어디 있느냐고
이 세상에 피고 지는 꽃이 저 뿐이냐고
괜스레 심통 나 일침을 놓는다는 게
내 마음속 외로움만 들켰습니다

맨살로 서있는 진흙탕 가시밭 속에서
아무리 숨기려 해도 숨길 수 없는
하늘로 뻗은 고통의 봉화
내 삶의 여정에서 찔려본 가시 때문에
그래 나도 몇 번 울어본 적 있다고
그대 아픔 조금은 이해하겠노라
입 바른 말, 이제 거둬 두려합니다

웬일인지 저 가시연꽃은
내 사랑만큼이나 아프게, 아프게 피었는데

세상에서 제일 부드럽다던 연못 물빛도
꽃 가시는 어쩌지 못 했는지
가시밭에 핀 붉은 입술
바라보는 내 가슴만 뜨끔합니다
그리운 눈빛조차 가시가 될 것 같아
이젠 감히 그대에게 건넬 수도 없습니다

서리꽃이 피는 이유

댓잎 끝과 끝으로
퍼런 햇살이 팽팽하게 걸린
이렇게 위태로운 겨울날 아침
창가에 기대어 한쪽 눈을 지그시 감고
심호흡한 후 숨을 멈추고 쏜
내 애증의 화살이
그대가 밤새 쌓아 놓은 雪山을 넘어
투명한 하늘을 깨뜨린다면
그대를 향한 내 마음
우수수 쏟아져 내려
그대와 오고가던 오솔길마다
정말 눈 시도록 하얀
눈물 꽃으로나 피워볼 수 있지 않을까
그리하여 기나긴 삼동三冬에도
지지 않는 꽃으로 남아
그대 발길이라도 잡아보리라
나는 꿈꾼다

제3부 꽃자리 세상에

〈산중호수 : 한국화 50호 2010년〉

꽃향유 꽃차례

다랑이 논배미 둔덕에 나락을 지키는
잠꾸러기 허수아비 깨워라, 향기야
이 가을 뜨락에 퍼져라
쪽빛 하늘 너무 맑아 붉어진 노을
수백 수천 꽃차례를 앞세워 춤춰라, 꽃술아
이 가을 언덕에 오르라
계절아,
예서 잠깐만 기다려라
저기 저만큼 겨울이 다가오기 전에
아늑한 산기슭에 큰 시루 걸어놓고서
밤새도록 잉걸불 지펴두면 새벽엔
저 아래 가난한 누리를 지나
비탈진 고샅길도 꿈으로 채울 수 있으리
그대들의 무지갯빛 숨결로
내일은 온 마을이 따듯하겠네
마실 갔던 사랑도 이내 돌아오겠지

꽃띠 봄살

샛노란 봄볕
누나와 까르르 까르르 대며
놋대야 속 올챙이 몇 마리와 놀고 있는
앞마당 댓돌 위로
화단가 난초 싹트는 소리에 섞여
샛대문 틈으로 몰래 들어온 봄바람
누나 뒤로 살금살금 다가가
치맛자락 와락 들친 찰라
어느 짬인가 누나의 우윳빛 허벅지 속살에
먼저 와 자리 잡고 앉아있는
저 눈부신 햇살

퐁당! 바알간 해
누나 볼우물 속에 빠져 허우적거릴 때
금방 복숭아꽃들 팡팡 터졌다
내 두 뺨 위에

뒤란 앵두나무 꽃망울, 심상치 않다

꽃지 해넘이

어느 꽃밭이 저 보다 더 아름다울까

저물어가는 저 빛깔,
아무래도 어둠의 빛깔은 아니어서
적멸의 빛깔은 더더욱 아니어서
하 그래, 어느 한 여인이
태초에 자궁을 열 때 그 핏빛을 꼭 닮아
그 피가 어머니란 이름을 낳으며
벌거숭이로 세상과 첫 대면하던 우리들을
기억도 없는 그 아련함으로 돌아가게 하는
이 가슴 떨림 하나만으로도
그 까닭을 다 말한 것 아니더냐

저문다는 것도
꽃 피는 일이리라, 꽃 맺는 일이리라

어떤 만찬

오늘은 월급날,
허름한 중국집 태화장에서
세 식구가 저녁을 먹고 있다

여기, 자장면 두 그릇이요

하얀 그릇 속 까만 춘장 밑에 숨어있는
오동통하고 기름진 국수 가락들
침까지 삼켜가며 한 그릇을 골고루 비빈 후
아내와 세 살배기 아들
머릴 맞대고 도란도란 자장면을 먹다가
입가에 묻은 춘장을 마주보며 웃는다

윤기 나는 면 가락 하나
아이 입술에 탯줄처럼 매달리더니
빨간 나팔꽃 한 송이 갓 피어난다

온 세상, 환하다

멍게

무릇 산다는 일이
그게 꼭 게걸음을 닮긴 했어도
결코 꽃게가 되지 못했고
꽃대도 가시도 없는 꽃
온몸에 울긋불긋 꽃들을 피웠어도
장미꽃은커녕
제 가슴에 숱한 피멍들만 든

서귀포 앞바다 문섬 붉은 산호처럼
평생토록 파도를 끼고 사는
아낙네,
오막살이 먼문* 발치로
밀려오는 파랑도의 흐느낌소리
노을 빛 바닷물에
속만 절인

* 집으로 들어가는 대문의 제주도 방언

초겨울

기다림도 접어놓고
일없이 바람이나 지치고 있다가도
뭔가에 홀린 듯 마른 조바심이 나는 날
아무도 돌아오지도 않을 것 같은 동구 밖이나
밤낮으로 쳐다보는 마당 끝 감나무
꼭대기에 힘없이 매달린 쭈그렁한
홍시 하나
늙은 어머니 젖가슴 같은
그 주름 속에 아직 단맛이 남아있을까만
괜스레 거기 차돌멩이나 던져보다가
해묵은 장독항아리만 깨고 마는
나, 의 눈가에 바람 길로
어김없이 하나씩 나이테를 늘이고 있는
네게도
다가올 새봄은 희망이 아니더냐

아무럼 그러면 그렇지

모르는 척 시침 떼도 내 다 알고말고
가을갈이해 놓은 갈색 깊은 고랑
아버지 얼굴에
어느새 네가 흩뿌려놓은
까아만 봄꽃 씨앗들을 보면

꿈들, 강 언덕에 줄행랑치다

갑천 둔덕에 노란 하늘바라기
노을빛으로 제 몸뚱어리 달궈보았댔자
희붉은 울음만 가난의 버짐같이 강물 위에서 피고
그 강가, 갈대숲을 헤치며 뛰쳐나온 조약돌들
반달문 포장마차 전등 밑에 부나비처럼 모여
저마다 가슴깊이 박혀있는 꽃무늬를 쪼아
언젠가 때가 되면 꽃 피울지 모를
붉은 입술에 옮겨 심고 있다
어둠 깊은 계곡 밤하늘에 은하수는
들풀처럼 이름 없는 별들이 피운 꽃밭이라는 걸
꿈이란 안개 속에 묻힌 기적소리 같다는 걸
우린 다 알고 있지만
오늘도 어제같이 마지막이라 다짐하며
눈 질끈 감고 다시 한번 믿어보는 것이다
갈매기도 날지 않는 언덕바지에서
줄줄이 집어등 켜고 출어를 기다리는 고깃배들,
이미 먼 바다에서 배알을 모두 분실한

자반고등어처럼 이 도시도
가뭇한 소금 빛으로 눈을 감지 못한다
하늘로 오르지 못한 채
아직도 강 언덕을 배회하는 꽃별들
못 이룬 꿈의 단죄를 내일로 유예한다

낮달 · 2

지상의 어떤 아픔도
모두 다 보듬어 달랠 것만 같았던
높푸른 저 하늘도
나처럼 사랑앓이 한 적이 있었는가
간 겨울엔 낯빛이 싯누렇도록
때 아닌 황사 극성을 부렸고
올봄엔 밤낮으로 각혈하여
예제없이 온 누리가 핏빛 투성이더니
가슴 한복판에 선명하게 찍혀 있는
허연 흉터자국 하나,
어젯밤 뒤돌아 어둠 속에 감춰놓은
숱한 눈물방울을 나는 보았느니
사랑에는
하늘도 예외 없구나

그해 가을의 초승달

꼭 열여섯 살 되던 누이가
서쪽 하늘로 놀빛 따러 갔다가
그만 벗겨져 버려 잃은
옥색 고무신 한 짝
그날 저녁엔
모로 엎드려서
말없이 울음 몇 방울 흘립디다
뚝,
뚝,
뚝,
그때마다 산마을에
소리 없이 하나 둘, 별이 뜹디다

빈자일등貧者一燈*

밤 깊은 늦가을
어머니 눈동자 속에서 흔들리던
등잔불처럼
단풍도 모두 져버린 언덕바지에서도
홀로 남아, 밤새도록
온 세상 환하게 밝히고도 남아
보름달까지 샛노랗게 물들이고 있는
들국화 한 송이

가난한 詩人을 닮은

* 가난한 사람이 부처에게 바치는 등燈 하나가 부자의 등 만 개보다
도 더 공덕이 있다는 뜻으로 참마음의 소중함을 비유하여 이르는 말

풍경소리

절간 추녀 밑 작은 종 집에 더부살이하는
초록빛 잉어 한 마리
지나가는 바람만 먹고도 잘 지내더니
오늘은 어인 일인지
부처님 모르게 어둠 깊어지길 기다려
거미줄에 걸린 고추잠자리 덥석 물려다가
그만 호랑무늬 거미에게 들켰습니다
댕그랑 댕그랑
평생토록 육식 한 번 못했던 퀭한 눈가에
푸른 달빛만 대롱대롱 매달렸습니다

꽃 지면 회임하는가

난전 한 모퉁이에 마대자루 깔고 앉아
표고버섯 두어 소쿠리 팔고 있는
할머니 얼굴 위에 검은 꽃들 피었다
봄꽃 지면 4월이 회임懷妊한다는데
하긴 검은 꽃도 꽃은 꽃일 테니
저 꽃들도 지고나면
고향집 감나무에 아침까치 울던 날이나
윗집 새댁 아이 들어섰다던 소문처럼
기쁜 소식 하나 전해오지 않을까

한여름의 거친 노동을 끝낸 플라타너스
조막손에 낙엽 몇 푼 달랑 쥐여주고
매정히 돌아선 늦가을 오후
표고껍질 닮아가는 메마른 꽃밭에
한 백 년 잘 가꾸어야 겨우 볼 수 있다는
검은 꽃,
오늘따라 몇 송이씩이나 피여
소슬바람에 가랑가랑 흔들리고 있다

자라

장난삼아 그냥
툭툭 쳐본 것은 아니었는데
슬픈 눈빛조차 가슴속 깊이 숨겨두어
한 번만 보고 싶다 애걸해도
죽어도 아니 볼 듯하다가

사랑,
사랑은 본래 그런 거려니

꾹꾹 잊을 셈치고 돌아서면
꿈속에서처럼 살래살래 기어 나와
나를 찾아 두리번거리다가
어쩌다 눈이라도 마주칠 양이면
또다시 꼭꼭 숨어버려
애간장만 태우는

나의 첫사랑

사랑하나 봐

깊은 계곡 어디쯤 숨어 있다가
꽃도 피우지 못하는 늙은 단풍 마음을 울려
괜히 눈시울만 붉게 물들이며
내려오던 가을은
잔바람 스쳐도 잠들지 못하는 억새 숲 사이
오솔길 어렴풋이 내다보이는 샛문
슬쩍 빗장 풀고 들어와
잔뜩 갈바람 든 그대 가슴속에
페로몬 향수 흘려 겻불을 사르고

불똥 튄 느티나무 뒤로 엉거주춤 서있던
낯 붉은 노을도
현장에서 공범으로 체포될지 몰라
슬금슬금 꽁무니 빼는 서산 위로
어린애 오줌발 같은 물줄기 하나 가물대더니
드디어 산동네에 큰 불길은 잡혀가는지
하나 둘 피어오르는 저녁연기

한 무리의 기러기 떼, 남녘으로 날아가는데
불타는 계절, 낯익은 나그네
맘 시울에 오롯이 불붙은 나의 연민은
바람 한 점 없는데 어찌 끄란 말이냐
나, 그대를 사랑하나 봐

꽃그늘 아래에서

꽃그늘 아래에서 기다리렵니다
사랑은 아픔으로 키워가는 꽃나무라지만
꿀벌들이 꽃 가슴에 파묻혀 윙윙 울고
슬픔처럼 꽃향기 흘러내리면
온통 그대 생각으로 꽃핀 내 가슴속에도
아마 한 사나흘쯤 꽃비만 내릴 텐데
눈 밖 머언 산마루에 반달은 왜 보였을까
미처 여미지 못한 내 앞섶에서 들킨 그리움은
해맑은 옹달샘에 꽃돌로나 묻히고
내 눈가로 소소리바람 횅하니 돌아
잔잔하던 동공에 꽃너울 지면
마음속 깊숙이 애기벚꽃 핀
지붕 낮은 토담집 사립문 열어 놓고
봄날 해거름 질 때까지 꽃그늘 아래에서
떨어지는 꽃잎 모아 탑이나 쌓으면서
나는 그대를 마냥 기다리렵니다

초승달 · 3

참았던 울음보
그에 터트려버린 가을 초저녁에
달맞이꽃 한 송이로 등불을 지피고 있는
나지막한 언덕배기 길섶에 고개 숙이고 앉아서
그대 떠나간 서산 고갯마루에 쓸쓸히 걸려있는
은빛 발자국 하나, 그 위로
손바닥 펴 살며시 포개봅니다
아직도 식지 않고 전해오는 따스한 숨결
떨리는 내 손가락 사이사이 노을빛으로 타고 흘러
괜한 서러움만 울컥 솟아 별로 뜹니다
성큼성큼 다가오는 어스름 뒤
마른 억새숲 속에서
소슬바람은
잃어버린 신발 한 짝을 찾아 헤매고 있습니다

수수꽃다리에게 쓰는 편지

연붉은 꽃잎에 멍울진 아픔
가슴속으로 깊이깊이 삭혀가며
긴긴 밤 잠 못 이루며 흘린 눈물로 낸
그대의 강물 위에 작은 나룻배라도 띄워
하얀 미소 살며시 실어올 수만 있다면
저 뜨락에 백목련 꽃잎 떨어지고
열어 놓은 들창에 달빛 그림자 질지라도
그대 향기로 4월 봄밤은 눈이 부시게
정녕코 눈멀도록 아름다울 터,
비록 그대의 눈물 강에 꽃바람 너울져서
흔들릴 사랑을 정박시킬
닻 하나 없을지라도
난 절대로 주저앉아 울지 않으리
두 눈 꼭 감고 노를 저어도
언제 어느 곳이든지
그대를 찾아갈 수 있으니

* 수수꽃다리 : 라일락(lilac)의 순수한 우리 꽃말

첫사랑은

그렇게 오더라
여우비처럼, 불쑥 다가와
미처 우산도 없이 갈피없이 맞다가
스쳐간 빗길 위에서
바짓가랑이, 속내까지 흠뻑 젖어
피어나는 물안개 뒤를 바라보며
한낮 땡볕에 가슴만 델 뿐
여우비 지나듯
첫사랑은 그렇게 가더라

그렇게 피더라
동백꽃처럼, 붉게 피어
미처 그 붉은 까닭을 알아채기 전에
청초한 꽃그늘 아래로
그깟 찬바람 몇 번 스친 걸 갖고
어느 날 홀연히 목을 꺾어
붉은 멍울만 가슴속에 남길 뿐

동백꽃 지듯
첫사랑은 그렇게 지더라

제4부 그래도 그대가 그립다

〈심산유곡 : 한국화 50호 2010년〉

대저울에 대한 단상

온몸 걸어 저울질해 가면서
외나무다리 위에서
외발로 수평 잡는다는 것은
한목숨 거는 일
아슬한 여정의 끝이
목 조였던 애착의 줄 풀고
무거웠던 등짐을 벗는 일처럼
흔들리는 세상에서
직립으로 중심을 잡아가며 살아야 하는
위태로운 짐승 한 마리
오늘도 고삐를 풀고 있다

덧없는 하루 말미
무거운 봇짐 하나 떨어진다
쿵!

억새꽃 날다

새라는데 새는 무슨 새
한창 푸르던 시절엔 한낱 잡초였겠지
뒷동산 언덕바지에서 건들바람과 눈 맞아
밤낮 희희댄 것은 아니었는지
오래 한 집에서 한솥밥을 먹다보니
바람 앞에 먼저 눕고
이슬보다 먼저 우는 게 아니겠어
새 울음이라는데 울음은 무슨 울음
그게 대숲에 살던 비비새나 흉내 내어
마른 손 비벼대는 바람소릴 내는 것이겠지

꽃이라는데 꽃은 무슨 꽃
풋내기 사내의 어설픈 흰소리로
새침떼기 계집애 마음이나 끌고 싶었던 것이겠지
사실은 꽃이었는지도 몰라
하얀 꽃술이 바람 부는 어느 날
지구 밖 먼 우주 속으로 날아갔다는데

그날 하늘에는 새털구름들 떠다녔다지
그럼 그건 분명 새였는지도 몰라

가을걷이 끝난 따비밭 둔덕은
가난뱅이 친구들 얼굴을 닮아가고
어느새 내 이마에도 주름들 깊게 잡히더니
그 가장자리에 억새꽃들 피어
가랑가랑 흔들리고 있는 게 아니겠어
내 귀밑에 뿌리내린 억새꽃도
꽃새인지 새꽃인지 알려면
새털 같은 그리움을 안고 날아갈 세월
조금 더 기다려야만 하는 것이겠지

양파를 벗기면서

한평생이라야 고작 일 년인 양파가
내 살아온 세월보다 길었던 것처럼
숱한 아픔과 슬픔들을 나이테 속에 새겨서
그동안 흘렸던 내 눈물보다 더 많은 눈물을
한꺼번에 좔좔 흐르게 한다

일 년을 살아도 나이테는 든다
양파가 내게 말하고 싶었던 게다
만 년 눈물을 지층으로 쌓는 만년설이나
천 년을 지나도 나이바퀴를 만드는 소나무나
백 년을 살면서 이마에 연륜을 새기는 사람이나
일 년을 흔들며 제 몸에 마디를 맺는 갈대나
하루 동안 산전수전 다 겪는 하루살이나
나이테가 그 생을 모두 다 증명한다고
그래서 제 삶의 매웠던 흔적을
나이테 사이사이 새겨두고 있었던 게다

한 겹 벗기면서 양파의 일생을 상상하고
한 겹 벗기면서 추웠던 겨울을 돌아보고
한 겹 벗기면서 떠나간 사랑을 추억하고
한 겹 벗기면서 가난한 친구를 떠올리며
벗기고 또 벗겨가다 보면
마침내 끝,
아니 한 생의 출발점에 도착한다

눈물을 흘리며 눈물을 생각하니
아직 그 중심에서 나이테를 만들고 있는
작은 태아는 차마 벗길 수가 없다

철지난 포도밭에서

아얌 꽃 시절에는
열여섯 계집애처럼 풋풋하더니
사랑은 눈물방울 몇 개쯤 품는다는 걸
언제 어디서 배워
제 가슴에 작은 아픔들
향기로운 속살로 감췄을까, 철지난
비밀한 포도밭
사랑과 연애의 소문들이
서낭당 고사목에 부적처럼 매달려 있다

색 바랜 편지들 뒤늦게 배달된 후
소나기 쏟아지던 어느 날, 종알종알
사연들 읽는 걸 들은 적이 있었다
이슬 젖은 엽서들 옹기종기
파란 햇살로 말리는 걸 본 적도 있었다
뭇 소문들 나긋나긋하도록 여러 번
한여름 폭염이 다 지나갈 때까지

그래, 진원지는 저곳이다
사랑의 탯줄을 차마 뿌리치지 못하는 대지
어머니를 닮은

꽃뱀과 허물

눈짓만으로도 지나는 바람 벌 하나는
포로로 잡았던 적이 있었다
붉은 미소 하나로도 호랑거미 몇몇은
품 안에 거느리고 살았던 적이 있었다
늦가을 궂은비로 부러진 꽃대들 사이
꽃뱀이 허물만 벗어놓고 사라진
샐비어 꽃밭

낯선 뒷골목
제법 아름다운 정원에서
불온의 눈빛들을 피해 숨어 피고 지며
책임지지 않는 사랑을 포획하는
덫 또는 그물인 양
차가운 쇠창살에 매달려
흔들리는 허물을 본 적이 있었는데
허물을 벗어놓고 꽃뱀은 어디로 갔을까
폐업한 꽃밭에는
철없는 건달 바람만 서성이고 있다

여의도 광장의 낙엽

아무런 대꾸 없는
바람찬 하늘에 대고 핏대 올려 고함치다가
제 목울대만 부러져 나간
울음 몇 잎
철망 쓰레기통 속에서 얼굴 내밀어
붉어도, 붉어도 마냥 쓸쓸한 노을을 향해
소리 없이 애원하고 있는데
아랑곳하지 않는 계절
마포 강가에서 된바람을 앞세워
검붉은 물결 길게 늘이며 여의나루에 내려
녹슨 청동 바가지를 오른쪽에 엎어놓고
물 마른 샛강을 건너간다

그렇게 서둘 일이 아니었나 보다
여의도에 봄은
아직도 한참 더 참고 기다려야 올 것 같다
모두가 벌거벗은 삼동 뒤로

초봄

헛간에서 감자를 꺼냈다
물도 빛도 없는 곳에서 씨감자는
하나의 자궁으로는 불안했는지 여기저기
배꼽으로 어미 살을 파먹고 새싹을 올렸다
말라붙어 주름진 태반 안에서 아릿한
봄 냄새가 풍겨왔을 때
갑자기 씨감자에서
쪼그라진 어미젖을 물고 있던
눈망울만 큰 소말리아 어린애가 보였고
자식 여덟에 무너진 할머니의 젖무덤이 생각났고
매년 송아지를 생산하던 일소의 목덜미가 생각났고
소금물에 쪼그라져 누운 김장배추가 생각났고
가뭄에 말라터진 저수지 바닥이 생각났고
노을 빛 산비탈에 밭고랑이 생각났고
어머니의 주름진 얼굴도 생각났다

울안에 앵두나무가 꽃망울을 틔웠을 때

강남 제비가 빨랫줄에 앉았을 때
내가 그녀를 처음 만났을 때
봄, 봄은 때맞춰 그렇게도 다가왔었지만
그 새봄 뒤에는
씨감자처럼 소리 없이 시들며 이울어가는
또 다른 봄도 숨어 있었다

강이란 이름

삶이란 누구에게나
소용돌이 속에 뜬 한 척 나룻배
이를 악물고 매달려온 한참 뒤에 비로소
나는 알았다
이 세상 지아비와 아버지들은 모두
당연히 그런 것 마냥
아무리 가슴 아플지라도 울면 바보였던
그깟 남자란 이름 때문에
외사랑만 소중한 줄 알았지
한번도 자신을 사랑할 줄 몰랐다는 것을

강물도 때로는 인생처럼
제 가슴을 뒤집어가며 절절히 흐느끼지만
단 하루도 단풍 한 장 붙잡아두지 못한 것은
바다에 이르러야만 벗겨지는 멍에
강이란 이름 때문이었지
보라, 강물아

머물지 않고 스쳐간 사랑들
흔적도 남아있지 않은 네 가슴속 상처로
누가 누굴 사랑하였다고 증명할 텐가

숙명처럼 가야 하는 길 위에서 나는
내 안에 사랑을 키워보리라, 다짐하건만
오늘도 내 사랑은
언덕을 영원히 오르지 못하는
아니 한 순간도 머물지 않는 강물처럼
아래로만 흘러, 흘러가고 있다

하얀 손수건, 젖은 迷路에

누군가가 풀어놓은 삶의 타래
어떠냐고 묻는 게 아니다
투명하게 빗금 친 새벽햇살 틈으로
눈물방울 걸어놓은 포위망

사랑의 길도 저와 같아서
결코 꽃만 탐하지 않더라도
아니 꽃밭 울타리를 넘지 않더라도
나의 두 발로는 도저히 찾아갈 수 없는
아무리 들여다봐도 알 수 없는
그대의 마음 같은 미로
새벽인데 아니 벌써
그대는 길을 떠났는가
젖은 손수건 한 장 달랑 걸어놓고

떨어진 꽃잎일지라도
일단 더듬이부터 세우는 본능

허망에 걸려 빠져나가지 못한 채
갈림길 위에서 한 생애를 마감했던 사랑
간밤에 내 가슴속에서 뜨겁게 솟아 날았던
신열의 사금파리 조각을 닮은
하얀 날개 죽지 하나
나의 詩여!
나의 꿈이여!

백합을 기억하다

개펄에 주저앉아
꽃을 땄었다, 개흙 잔뜩 묻었던 꽃잎
무명조개를 백합이라고 이름지어주고 떠난
사내는 잊은 듯 돌아오지 않았다

푸른 하늘 펄펄 날아다니며
꽃에 묻혀 꿀만 먹고 사는 꿀벌은
기껏해야 수년도 살지 못하는데
뿌리내린 땅에서 떠날 줄 모르고
시도 때도 없이 비바람 맞고 사는 나무는
수백, 수천 년 사는 것도 있다
빠르면 짧고 느리면 긴
그래 삶의 길이, 명命이란
제 걸음걸이 속도에 반비례하는 법
평생토록 개펄 속을 무릎으로 기며
진창에서 피고 지는 백합
제 수명대로 살면 한 백년 산다던

옛 어른들 쓴 말씀이 전설처럼 아득하다

귀도 없어 그 좋다는 서울 소식도 모르고
발도 없어 마른 뭍으로도 가지 못한 채
개흙만 파먹고 살아가는 운명
얼마 전까지 백합을
갯바람 부는 고향에서 봤었다는 소문이던데
지금도 새만금에 그 처녀가 사는지
개펄에 한 번 나가봐야겠다

* 백합白蛤 : 식용 조개로 흰빛을 띤 잿빛 갈색에 붉은 갈색의 세로
무늬가 있고 매끄러우며 안쪽은 희다.

빈 들은 강물을 쉬게 하고

은발의 억새꽃이 손짓했어도
산기슭 단풍이 울음으로 눈짓했어도
내가 떠날 사랑만 애타게 붙들고 있었듯
풍경화 가득했던 가을 들판은
제 안이 내 가슴속처럼 텅텅 비어가는 것을
까마득하게 모르는 줄만 알았다
어느 날 억새꽃은 갈바람 타고 날아갔고
고왔던 단풍도 진 뒤, 무서리 내린 들판을 보며
제 안도 나처럼 텅 빈 것으로 알았다
하지만 빈 것은 내 가슴일 뿐
빈 들은
그동안 보이지 않았던 속살을 내어
밤낮없이 숨차게 달려가던 강물을 쉬게 하고
어린 버들치에게도 칼날을 세웠던 갈대숲을 달래
지난 봄날 훌쩍 떠나갔던 철새들을 불렀다
거친 일터에서 아버지들 땀을 거두고
따듯한 집으로 돌아갔다

저녁 지나면 어둠이 찾아들고
어둠 지나 또 다른 새날이 밝았던 것처럼
하마, 내 안에 빈 들에도
추운 겨울을 건너 봄은 오려니
빈 들에 서서 하늘도 닫고 나 또한 저물어서
큰 꽃등불 하나 노을에 붉게 걸어두면
내 사랑도 이내 돌아올 것이다
나도 집으로 가야겠다

냉장고와 어머니

한적한 뒷동산 기슭 고려장처럼
쓸쓸하게 죽음을 맞이한 고물 냉장고
배고픈 야생 고양이 닮은 칡넝쿨이
열린 문짝 틈으로 몰래 사연을 파고 있다

찬바람이 밤낮 몸속으로 돌아다녀도
따듯한 위안 하나 받지 못했고
가슴, 속가슴에 눈물조차 얼어 붙어도
이따금씩 웅웅 울어보는 게 전부였을 뿐
허기만 채우려 잠깐 다녀가는 이들에게
냉가슴을 달래려 하소연도 못했을 것이다
아픔 하나 나가면 또 다른 아픔이
슬픔 하나 나가면 또 다른 슬픔이
참고 견뎌야할 것들이 난 자리로 들어앉아
가슴앓이로 평생도록 꿍꿍 앓아도
죽는 날까지 숨죽여 살아야했던 삶
그걸 무슨 훈장처럼 숙명이라 했던가

아프지 않은 것 세상에 어디 있으랴만
아프지 않은 척 늘 변함없는 모습으로
한 자리 지키던 어머니처럼
이제는 조용하고 평화로운 산기슭 찾아
아픔도 슬픔도 모두 비워버린 채
하늘 향해 마음 활짝 열어놓은 냉장고

저 폐 냉장고는
여전히 가슴의 짐을 부리지 못한 어머니와
지금 무슨 이야기를 나누고 있는 걸까
봉분 쪽으로 뻗어간 칡넝쿨 줄기
실바람에 흔들리는 보랏빛 꽃잎 보며 나는
이승의 뒤안길에서 가슴과 가슴으로 소통하는
고요한 속삭임을 엿듣는다

월정사 가는 길

밤새 펑펑 내려쌓인
아무도 가지 않은 하얀 숫눈을 밟고
발바닥으로 부드러운 속삭임을 들으며
나는 그곳으로 갑니다
내가 처음 그대에게 다가갈 때처럼
걸어가는 발끝머리 나의 눈빛에
부끄러운 듯 조심스레 가슴 여는 길
차가움도 이처럼 눈부실 수 있다는 것
내겐 첫경험입니다

이슬진 꽃잎은커녕
파란 연잎이라도 닮고 싶었던 시절
언젠가 가을 연못 들여다본 적 있습니다
폭격 맞은 바그다드 시내처럼
갈기갈기 찢겨 추레해진 잎사귀들 보곤
바닥은 늘 그렇게 하류인 줄만 알았습니다
하지만 조심스레 천천히 다가가지 않으면

부드러운 바닥에서도 넘어질 수 있는 게
그런 게 사랑, 사랑이라고
산마루 너머로 걸어놓은 월정사 법고를
북채도 없이 누가 두드렸는가
늙은 전나무에 걸려있던 흰 말씀 하나
푸드득 바닥으로 떨어집니다

그래요, 비록 바닥 난 사랑일지라도
그대를 만났던 첫 마음으로 돌아갈 때까지는
우린 조금 더 얼마를 걸어가야 합니다
아무도 가지 않은 하얀 숫눈 밟고
길도 아닌 바닥만 바라보며 나는
그대에게 갑니다

마음으로 사는 집

어릴 적에 우리는 떠났고
남아있던 어머니, 아버지도 어언 떠나버린
고향에 두고 온 우리 집은 세월 따라
빈 몸으로 점점 늙어 가는데
뒷동산에 부모님을 모시고
일 년에 고작 몇 번 열어보는 대문 빗장
들판에 망초가 앞마당과 지붕을 점령하고
습한 이끼가 댓돌과 장독대에 진을 치며
처마 밑은 차츰차츰 헐어 가는데
가늘어진 발목으로도 쓰러질 줄 모르는 기둥

지나가는 나그네여
그대의 눈물을 가려줄 수 없을지라도
우리 집을 함부로 폐가라 부르지는 마라
지금은 비록 텅 비어있는 것만 같아도
나는 여전히 그 집에서 꿈을 꾸고
몸은 언제 돌아갈지 모르지만

아직은 내 맘이 늘 함께 사는 곳이라서
빈집 대문에 아버지의 이름 석 자가 녹슬어도
나는 문패를 떼진 않을게다

훗날 누가 찾아와 주저앉은 빈 껍질을 보며
너는 누구냐고 물어올 때에
대답은 못할지라도
껍데기에도 이름은 있어야 않겠는가

스물다섯 번째 꽃송이

오후 내내 벤치에서 낙엽을 깔고 앉아
안주머니 고이 접어 넣었던 이력서를 꺼내어
첫사랑 고백하던 연서처럼 읽고 또 읽는다
단풍 한 잎, 마음 갈피로 추락한다
친구는 첫 월급을 타서 어머니께 드릴
모란꽃 수놓은 빨간 속옷 한 벌 샀다는데
집 앞 상가 모퉁이 문방구에서 나는
스물다섯 번째, 빨간 장미 한 송이를 산다

꽃 빛깔이나 송이 수에 어떤 의미를 담아본들
뭇 세상이야 궁금해 할 리 없겠지만
혹시 귓속말로 물어온다 해도
이 끓는 맘을 어찌 다 설명한단 말이냐
지금은 보이지 않는 것에 대한 나의 적의를
먼 훗날, 이리저리 에둘러 아름답게 변명하게 될
그때에 가 고개를 들어 저 푸른 하늘로
붉은 가시 한번 힘껏 세워보려는

은밀한 몸짓이었음을
아직은 누구에게도 발설할 수 없다

나의 장미 한 송이
오늘밤에는 분명 단꿈으로 활짝 필 게다

가난한 전망

그대 떠나며 훔친 붉은 눈자위
닮은 저 자지러진 단풍을 좀 봐라
수직 절벽 사이 울고 있는 담쟁이 잎들
벌건 저 눈물방울 좀 봐라
금강산, 설악산, 그리고 내장산 아니더라도
햇살 앞에 넉살 좋게 웃고 있는
그래 세상아, 너는 아느냐
태양 아래 묻혀버린 나의 그리움을

베란다 창가에서 내려다보니
웬일인지 올 가을은 예전보다 더욱 붉구나
환장하게 미쳐가는 저 빛처럼
지워지지 않는 마음속 번민
추억이고 그리움이고 그게 다 무슨 소용이더냐
잿빛 장벽을 덮은 담쟁이 넝쿨 넝쿨마다
붉게 져갈 눈물들만 걸어가며 겨우 피웠던
내 사랑은 여전히 가뭇하기만 한데

지금은 비록 떠난 그대여
하늘 창창한 어느 하룻날을 잡아
사랑들 때 몰랐던 그리움 지는 모습처럼
단풍들 때 모르는 낙엽 지는 구경 한번 가자구나
바람 계곡 사이사이 죽은 듯 숨어
잊어버린 봄날을 기다리는
그 가난한 꿈을 보러

빨간 능금

촉수 낮은 백열등 불빛 아래
식탁 은쟁반 위에 다소곳이 앉아있었네

첫눈에는 그토록 예쁜 것이
이 세상에 더는 없는 줄 알았네
처음인데 눈멀도록 마냥 황홀했다네
가만히 바라보고 있다가 불현듯
누군가 먼저 손댈 것 같아서
슬그머니 가슴으로 꼬옥 안아주었네

노란 조명불빛 쏟아지는 무대 위에서
내 입술로 한 올 한 올 벗겨지는 붉은 베일
그의 속살은 아주 희지도 붉지도 않았지만
향기로운 그 살 냄새
내 품속에서 정말로 감미로웠다네
몰래 벗겨진 수줍음 묻어 내 입술 빨개졌으나
몸속 깊은 곳에 까만 눈물 보일 때까지도

그게 사랑의 씨앗인 줄 난 몰랐네

아직도 내 입술이 붉은가
그게 우리가 사랑했던 방식이었다네
그 후로 눈먼 사랑은 다시 할 수 없었네
평생 오직 한 사람만 사랑하였네

빈 나루터에 앉아

만남과 헤어짐은 기약 없는 것
강나루에 바람처럼 불현듯 이는 아쉬움
너무 늦은 발걸음은
낡은 시렁에 걸쳐놓은 소금가마 같이
짜디짠 속눈물을 걸러내고
저편으로 먼저 떠나간
한 사랑의 뒷모습만 떠올리고
그 이름 지우며 오늘의 그리움을 장례한다
이제는 보고파도 볼 수 없는 사랑을
내 맘이 당도할 수 없는
아주 먼 곳으로 떠나보내고
보내고 난 뒤에도 또 하루하루가 흘러가면
이 핑계 저 핑계로 주저주저하다가
그리워해야할 것조차 잃어버려서
훗날엔 찾을 것들 투성이겠지만
오늘은 잊으마
미안하다, 정말 미안하다

사랑을 잃고 너마저 보내야만 하는

그래, 나는 울보

이 도서의 국립중앙도서관 출판시도서목록(CIP)은 e-CIP 홈페이지
(http://www.nl.go.kr/ecip)에서 이용하실 수 있습니다.
(CIP 제어번호 : CIP2012003469)

선물

글쓴이 / 김성덕
펴낸이 / 孫貞順
펴낸곳 / 모아드림

1판 1쇄 / 2012년 8월 8일

서울 서대문구 북아현3동 1-1278
전화 / 365-8111~2
팩시밀리 / 365-8110
E-mail / morebook@morebook.co.kr
http://www.morebook.co.kr
등록번호 / 제2-2264호(1996.10.24)

ⓒ김성덕
ISBN 978-89-5664-155-3

값 8,000원